The Glesg‗‗

By
Carol Grant

For my family, Alex, Martin and Claire.
With love
XXX

Acknowledgements

To The Glesga Girls
Thanks for all the wonderful memories.
XXX

THE GLESGA GIRLS

Their last story began oan a Saturday night
Three Glesga wumen aw talking shite
Isa the psychic seeing sights oan the pan
Jeanie the sleuth wis a Sherlock Holmes wuman
Big buxom Bridget, her moves were obscene
The DJ played Abba fur this dancing Queen
Their journey wis amazebaws, three wumen so pally
What will they get uptae, oan this Saturdays swally

The lock Down of 2020/21 is now over, just before the pubs re-open. Bridget and Isa arrive in Jeanie's house for their Saturday night swally wearing face masks.
Jeanie serves cocktails to Bridget and Isa.

Jeanie
Efter three. Wan two three. (they pull off their masks and give each other a hug)
Right girls, get that doon yer necks

Bridget
Aw, that's hitting the spot awright.

Isa
Thanks Jeanie, this is lovely.

Jeanie
Ano, its great being back together, ahv missed ma pals, but looking forward to getting back tae the pub.

Bridget
So, wit ye been uptae this week Jeanie.

Jeanie
Shopping up the toon, ma favourite pastime. A sat ootside the cafe oan Argyle Street wae ma coffee dain ma people watching.

Isa

You'd huv made a good detective.

Jeanie

Oh, dae ye think so. Aye, noo when a come tae think of it, a suppose a could've been. Ahd look a pure babe in a polis uniform.

Bridget

A kin jist see ye, trottin aboot Glesga. Wit an arresting sight, PC Babe, Pig in a Frock

Jeanie

Ha bloody ha.

Isa

Oh here, ahv goat an idea, ye know how ahv been developing ma psychic abilities. We could start oor ain private detective agency.

Jeanie

Here we fucking go, wits it gonnae be called. Jeanie an the deerstalkers.

Isa

Hawd oan, its goat tae be something sensible.

Bridget

Aye, The Glesga CSI

Jeanie

Glesga crime scene Investigators.

Bridget
Naw, C. S. I. Clueless stupit idiots.

Jeanie brings in sausages on sticks and crisp n dips.

Bridget
Aw brilliant, am pure starving.

Isa
Ooh, tasty sausage Jeanie.

Bridget
Your used tae a bigger sausage, Int ye Isa.

Isa
(blows seductively on her sausage)
 This is a hot wan.

Jeanie
Pair a filthy boots. Yous ur putting me aff ma crisp n dip.

Isa
Bet you've no been dipped in a while.

Bridget
(pointing out window)
Who's that big burd waftin aboot in her negligee.

Jeanie
Canny mind her name, but her man's a butcher.

Bridget
Wits that goat tae dae wae the price a sausage.

Isa
Hawd oan, too much sausage talk, ma fanny's oan fire.

Bridget
Isa, jist think of square sausage. Flat n floppy, that'll calm yer fanny doon.

Jeanie
Stoap right there, thank you very much.

Bridget
Watch oot, Jeanies goat her scary spice heid oan. Oh here, you goat any Spice Girls tunes, a feel like dancing.

Spice Girls, Stop, plays and they have a wee dance.

Jeanie
Ahv fair missed yous, so, anything funny happened wae you two during lock doon.

Bridget
Oh, wait tae a tell ye. Ye know how a wis dain loads a walking. It wis a roasting hot day, the sun wis splittin the trees and a wus power walking roon the park, a just came tae the wee bridge, that's when a spotted this dodgy aulder ned character. A stoaped deid in ma tracks. Hawd the bus, hawd the fuckin bus Bridget, a said tae masel. He's uptae nae good a thought, but he wisny gonnae scare me, so a stuck ma chest oot, clenched ma fists, trying tae look like a hard man but probably looked mer like a big silver back gorilla. Think he shat it, cos just as a passed him, he looked intae the bush, no ma bush by the way.

But panic over. He wis just dain his look oot fur his pished pal who wis pishing in the bushes. Bottle a buckie hinging oot his back pocket. Ahl never furget the sweet smell a Buckie an the aroma of pish as it lingered in the hot summer air.

Isa
A hud just done ma shopping in Shawlands. Got oan the bus, we didny huv tae wear face masks then but hud tae social distance. This wee boy sat across fae me sticking his tongue oot an a put ma hawn over ma mooth laughing, just at the same time, a saw this big lassie stuffin her gub wae a big box a chips, she'd drapped some at her feet. Ye know me, a dont like tae be disrespectful, but she wis oan the high end of the BMI scale. Then she said oot loud tae her pal.
She thinks she is something laughing at me, am gonnae kick her heid in. Am no stupit, ma sisters deef an a kin lip read. Thats when she gave me the pure death stare. She wis actually referring tae me, a thought, wit the fuck. Am gonnae be murdered during lock doon wae the mad chip wuman. Just as well ma stop wis next. A wis jist steppin aff the bus, turned roon an shouted, Ho chip gub, ye've drapped wan at yer feet, ya big mental manky muncher. Thank fuck the bus moved aff, she wis up hammering the windy gaun aff her fuckin trolley.

The wumen roll about laughing.

Jeanie
Well, ye know how ahv been working part time during lock doon. A took this call in the office the other day.
The phone rang and just before a could say, Good Morning, Joseph Buchan Lettings and Factors. This auld dear butts in.

Mrs Rose
Hulo hen, this is Mrs Rose, is that the Buchan factors.

Jeanie
A don't know how a kept a straight face but managed tae
compose masel. Hulo Mrs Rose a said, how kin a help ye.

Mrs Rose
Wit it is hen, ahv goat an awfy problem wae a big drip.

Jeanie
Aw, huv ye Mrs Rose, ano the feeling. Mines is working away
fae hame the noo.

Mrs Rose
Ha ha, yer a right laugh hen. Am pure demented so am ur, a
canny sleep at night fur
listening tae, Drip, Drip, Drip, aw fuckin night an it's making me
want tae pee, so then its, Drip Drip, dash, an drawers doon.

Jeanie
Aw, thats rotten hen. Look jist leave it wae me Mrs Rose an ahl
speak tae repairs
doonstairs an call ye back. So, a phones doon an spoke tae
poker face, mental Margo
and telt her the story, then she starts her whingin.

Margo
Wit, she's hearing a fuckin drip. Well, let me tell YOU lady. We,
huv goat a problem.

Jeanie
Naw, a said, WE huvny, dae ye know mean YOU.

Margo
(getting flustered)
It's thingmy, the bloody funds ur oan the low side fur repairs.
Tell her we'll get a plumber oot
tae check her pipes.

Jeanie
So, a phones Mrs Rose an she wis in a helluva state.

Mrs Rose
Aw jesus joanie hen, am fuckin soaked, ma knickers ur ringin.

Jeanie
Aw naw, wis it the drip, did ye no make the lavvy in time.

Mrs Rose
It's no that hen, a wis in the kitchen making ma breakfast, so a popped intae the bedroom
tae get ma falsers aff the bedside table an that's when a noticed a big bulge oan the ceiling.
A nearly tripped oer the dug reachin fur the phone. An before a could dial yer number, there
wis this almighty, WHOOSH. A fell back oan ma arse an goat clattered in soggy plaster and
soaked right through tae ma knickers.

Jeanie
Aw god hen, ur ye okay. A hope ye didny break anythin.

Mrs Rose
Only ma falsers hen.

Jeanie
Did they faw oot yer mooth when you fell.

Mrs Rose
Naw hen, when the fuckin ceiling came doon, it swept them aff the bedside table an that
fucking wee mutt goat a hawd o them. The wee shits struttin aboot flashin ma wallies like a fuckin film star.

The wumen ur in hysterics.

Isa
So, wits the script aboot her man, the butcher across the back.

Jeanie
Dae yous remember, Dick the family butcher in the Gorbals.

Bridget & Isa
Oh aye.

Jeanie
Well, that's her man, Olav Dick.

Isa
(spits her drink)
A- Love Dick.

Bridget
The whole a Glesga knows that, ya hoor, yer no called Merlin fur nothing. You've goat a fanny like a wizard's sleeve.

Jeanie
Shut yer holes ya pair a balmpots. As a wis aboot tae say, they've goat a funny set up. He leaves in the morning, returns at night an thats when ye see her.

Isa
So, wits funny aboot that.

Jeanie
Ye don't see her aw day, Its only when he gets in fae work.

Bridget

Why don't ye get the deerstalker an pipe oot an we'll follow him.

Isa

Wit aboot meeting in Anns's Fry chippy across fae his butcher shoap an spy oan him.

Jeanie

That's actually a good idea, we've no been doon in the Gorbals fur ages an we kin reminisce aboot the auld days.

Bridget

Aye brilliant. We kin make a day of it and go fur a wee swally as the pubs re-open oan Monday.

THE GORBALS

Jeanie
Ahv no been oan a bus fur yonks. A dont see much when am driving.

Isa
Aye, the scenery doon her is something tae behold. (pointing left and right) Oh, theres a pub, theres another pub.

Bridget
Oh, look. There's the Carling Academy, that used to be the auld Bedford picture hall.

Isa
A loved the Saturday matinee when the cowboys an indians wur fighting. The arrows wid fly aw oer the place. Then the calvary wid come tae the rescue. (Hand on mouth making trumpet sound) Do doo doo. A fancied Audie Murphy, wit a babe.

Bridget
Audie Murphy. Aye Isa, you'd probably go aw day wae Audie.

Jeanie
Aw, mind we went tae see Grease. We must huv been aboot 15. A fell in love wae John Travolta.

Bridget & Isa
Tell me more, tell me more, did he get very far.

Jeanie

A wis Sandy fur a day. (singing) Hopelessly devoted to you oo oo oo.

Bridget

A liked him singing Greased Lightening wae his slicked back hair an leather jaiket. But in Glesga, it's mer like white lightening an a greasy basebaw cap.

Isa

Doo do, doo do. Jaws 1975. Am getting a shiver doon ma spine thinking aboot that.

Bridget

Dae yous mind at the end before the shark blew up, it hud guts hinging aff its teeth, looked like mince an wit did ma maw huv fur dinner when we goat hame, aye mince. A took the pure boak an never ate it again fur nearly twenty years.

(ding ding) off the bus

They grab a table in Ann's Fry chippy

Jeanie

Right Isa, you go over tae the butchers first. Dont furget tae buy something. Try an act normal.

Bridget

That's gonnae be a tad difficult fur oor Isa, acting normal.

Isa

Shut it big paps. Right, keep an eye oan me.

Bridget and Jeanie watch as Isa enters Dick's. Or did he enter her, naw scrub that.

Isa
Hulo, kin a huv a pun of yer best mince please.

Olav
Lean

Isa
(bends to one side)
Kin a huv a pun of yer best mince please.

Olav
(sniggering)
Nae bother hen.

Isa
Yer Mrs no helping the day.

Olav
Naw hen, av no goat a Mrs

Isa
Oh sorry, is she (Pointing up) em in heaven.

Olav
Couldny care less.

Isa
Wis it a burial or cremation

Olav
Wit is this, you working fur Anderson Maguire.

Olav's phone rings in the back shop, while Isa listens.

Olav
Hulo, aye, a wis fed up wae her constant chatter an fuckin hen pecking, anyway, am well rid.
Aye, buried oot the back.

Isa runs back to the chippy in a right state.

Isa
Theres been a MURDER. She's fuckin deid.

Bridget
You been binge watching Taggart again.

Jeanie
Fuck sake Isa, calm doon. Wit happened.

Isa
He said he's no goat a wife, then he takes a phone call an told sumbdy she wis deid an buried oot the back garden.

Jeanie
Naw, that canny be true, a saw her last night floatin aboot in the living room as usual.

Bridget
Aye, but maybe he done her in efter that, we'll need tae investigate.

Isa
Good idea Bridget, a kin conduct a séance at Jeanie's, might pick up her energy as its close tae his garden.

Jeanie
Awright. We'll make arrangements then, ahl set up ma table in the patio, don't talk aboot it in here as they'll probably know him.

Bridget
Right, get the food ordered, a could eat a scabby horse.

They get their chippy to go and walk across to the wee park, the Rose Garden, known locally as the Rosie. The Rose Garden was once a graveyard, dating back hundreds of years. They grab a bench and get tore into their food.

Jeanie
Dae yous fancy coming tae mines oan thursday night as ahl huv the hoose tae masel an Isa kin dae her hocus pocus.

Isa
Aye, good idea Jeanie, am looking forward tae it. Ooh, its gonnae be exciting a canny wait. Wonder if her spirit will make contact.

Bridget
The only spirit a want tae make contact wae, is ma lips roon a wine glass.

Isa
Fuck sake, where did aw they pigeons come fae. (she throws some chips and they swarm round)
Look at that wee greedy wan getting stuck in.

PIGEON
Am a tough wee Glesga pigeon, ma mammy called me Ella.
Hatched among the girders, beneath the Heilan Man's
umbrella.
People say we carry germs, they never feed us seeds.
Others think we're lucky charms, as we've shat oan many
heids.
Friday is ma date night, preen ma feathers, So a doo.
Ma boyfriend treats me tae pavement chips, and a perch oan
his cockatoo.
Oan sunny days we fly tae Largs, watch the seagulls in their
drones.
Swooping doon oan target, as they swipe some ice cream
cones.
But a love ma life in the Gorbals, ahl roost here till a die.
The Rose Garden and lovely people, who bring food in, fae
Ann's Fry.

Bridget
(pointing)
That's where ma building used tae be, 110 Pine Place. Ye
remember the Queen came an opened it in 1972.

Jeanie
Oh aye Bridget, we aw came doon tae see her. That wis some
day right enough.

Isa
Fuck, didny realise you wur connected tae royalty, is that
where yer title came fae. The dancing Queen. Oh here, jist
imagine if ye were born in Crown street.

Bridget
Ahl crown you wan ya twit.

Jeanie (pointing)
Over there, used to be 20 Camden street. Thats where wee
Lanie stayed. She wis goal attack in the netball team at John
Bosco. A played in Centre, Isa wis wing defence an you wur the
goalkeeper Bridget.

Bridget
Aye, yer right. Yous remember Miss Dick, oor teacher in St
Lukes, nae relation tae Olav by the way. A mind her teaching
us girls how tae play netball. Everybody called me Big
Bridget as a wis tall fur ma age. Needless tae say a goat the
position of Goalkeeper. Ma nick name oan the netball scene
wis the Eclipse.
Darkness wid fall upon they wee goal shooters fae the
opposition as a towered over them,
they couldny see daylight, never mind the baw.

Isa
So, how did ye manage tae get called the dancing queen.

Bridget
It aw started when mammy took me an ma two sisters tae the
Irish dancing. We learned,
heel toe and Pas de barre. But a wis mer like, toe Paddy in bar
heels. A took up Ballet next as a loved watching it oan telly. A
wis purely self taught ye know. Mammy an daddy bought me a
pair of they wooden Scholl sandals that came intae fashion, a
quickly mastered the art of balancing oan ma tip toes in they
bad boys. A could Plies, Pirouette and Pas De Deux in ma TU –
TU.
Efter a few months, a hid tae hing up ma Ballet Scholls as ma
feet grew too big an hung
oer the tips. Ended up wae they hammer toes, fuckin hate ballet
noo.

17

But a loved dancing. So, oan a Saturday efternoon, when ma Maw an Da. That's wit a called them noo cos a wis a teenager. They'd go tae the Pig an Whistle and meet ma uncles. Ahd plug in the Radiogram and tune intae Tiger Tim oan Radio Clyde. Jist as well we hud concrete flairs in oor flats, cos ahd be gien it laldy up n doon the livin room.

A wanted Puppy Love aff Donny Osmond, Tiger Feet aff Mud. Wit did a want aff T-Rex.

Marc Bolan. Wit a babe, a wish a wis a white swan, so he could ride me.

Isa
Oh aye, an you call me a hoor.

Jeanie
Och, a remember your da's radiogram, he hud loads of LP's.

Bridget
God, your memory's good Jeanie.
Ma Da hud a varied collection of the auld vinyl. He liked film music. The Good, the Bad an the Ugly wis wan of his favourites. He wis also a very religious man an treated himsel tae an LP of these monks chanting an wailing. Aye, some treat that wis. Get that pish tae fuck, a said intae masel, naebdy kin dance tae that shite. Anyhoo, me an ma sisters wid listen tae an Lp oan the wee record player at bedtime. So, wan night, the Good, the Bad an the Ugly wis playing. Ma big sister started whistling alang tae it. Shut it or else, a said. But naw, she didny get a second warning, a reached over an gubbed her wan right in the jaw.
A hud tae wash the dishes fur a week as punishment, it was well worth it.

Isa
Oh here Bridget, a think a mind you saying that your hoose wis haunted.

Bridget
Aw god Isa, thanks fur reminding me. Well, wan night, we're aw in bed, ma maw gets wakened up by this eerie moaning coming fae upstairs. The hairs wur stawnin oan the back of her neck.

18

She lit a candle an floated upstairs in her long white goonie, jist like Wee Wullie Winky. Her knees wur knockin an her teeth wur chatterin in a glass oan the bathroom sink. She keeks roon the livin room door. the windies ur wide open, the curtains ur flapping, then suddenly she hears this creepy grunt fae behind. JESUS CHRIST, she
screamed, it wis almost touching cloth. There's ma Da lying oot the game oan the sofa.
He'd came hame pie eyed fae the Pig an Whistle, stuck oan the monks Lp and fell asleep.
Aw the stories a could tell. Ye couldny make them up.

Isa
That's a belter Bridget.

Jeanie
Oh here, see when we wur walking alang past the Citizens Theatre, it brought back memories when we used tae get the bus across fae there intae St Enochs Square. A wee swally in the Mars Bar pub before heading uptae Satellite City fur the dancing.

Bridget & Isa
Oh aye

Isa
A loved the Mars Bar.

Bridget
Aye, nae bloody wonder. Ye drapped yer Snickers in there a few times Isa.

Jeanie
Aye, It wis Bounty happen, known her, durty wee coo so she wis.

Isa
Och, a remember him well. The Kit Kat man.

Bridget
Fuck sake, a furgoat aboot him, you goat a two finger joab aff him on several occasions.

Isa
(Throwing her hair back)
Jealousy gets ye nae where. Two fingers beats a Curly Wurly any day.

Jeanie
Filthy hoor.

Bridget
A loved Satellite City, dae yous mind the punks used tae sit in the booth behind us. The DJ would play the disco music fur us then the punk stuff, like Sham 69 and the Sex Pistols.

We bussed it in fae Gorbals street, tae St Enochs Square.
Faces caked in makeup, so couldny get hoff fare.

Granny sandals an a gypsy skirt, that wis oor fashion then.
Saunter intae the Mars Bar pub, waitress asked, wit ye huvin hen.

Oan a mission up Renfied street, running tae the Disco.
We didny need I.D then, the bouncers said, Right girls, in ye go.

20

Loud disco music throbbing, we wur aw aloof.
Up in time before the crowds, tae nab oor favourite booth.

The punks sat right behind us, dark make up, with spiked
Mohican hair.
Sham 69 starts playing, they bounce up tae the flair.

Every wan stawns back in awe, look at these guys go.
Studs an chains an bovver boots, up n doon dain the Pogo.

It's oor turn noo, Night Fever, by the fabulous group Bee Gees.
Throwing aw the fancy moves, we're the absolute bees knees.

Intae school oan Monday, bragging tae oor John Bosco pals.
Drinking an dancing oan a Saturday night, the gallus Glesga
gals.

Jeanie
Aw the memories ur flooding back noo. Mind the night we wur
aw evacuated cos there wis a burning smell.

Isa
Aye, an they gorgeous firemen.

Bridget
(singing)
Burn baby burn, disco inferno, burn baby burn.

Jeanie
Thats no funny Bridget.

Bridget

Naw, ano but ahv jist remembered the fire in wee Lanies hoose.

Isa

Fuck, when did that happen.

Bridget

Well, It wis Lanies 11th birthday an we went back tae her hoose efter school, her maw wis oot, so Lanie opens a packet of McKellar Watt link sausages, melts some lard in the frying pan an paps the links in. So we goes intae the living room an oot oan the veranda wae Lanies wee blue radio she goat fur her birthday. Ye could see in the kitchen windy oot there. Lanie tuned intae radio clyde fur Tiger Tim. We wur gieing it laldy singing, Disco Inferno, so it wis. (singing) Burn baby burn, disco inferno, burn baby burn, burn that mother doon. That's when a smelt the burning, turns roon, looks in the kitchen windy. Fuckin flames wur hitting the ceiling.

It wis like a firework display. Sausages exploding like bangers, wan went POP, wan went BANG.

Me and Lanie took aff like fuckin Rockets through the hoose, but the radio wis still in the veranda, a ran back and rescued it while Lanie ran tae a neighbour who called the fire brigade. Thats when oor legs turned tae jelly.

Jeanie

Must huv been an awfy shock fur yous.

Bridget

Naw, it wis the sight of the most beautiful fireman, a Spaniard if ye dont mind, big broon eyes, we wur swooning an soon furgoat aboot the fire.

22

Wee Lanie then blurts oot. Excuse me, Mr fireman, ur ye married.
Aye he wis married awright, two wee boys, wan called Jose and the other, Hose B.

Isa
Ha ha, bloody comedienne.

Jeanie
(laughing)
This wee trip tae the Gorbals has brung back loads a memories, we'll need tae come back again soon. Funny how your life turns oot. Nae fears or worries until ye grow up then things happen.
(wiping tears away).

JEANIE

Duke Street hospital, on a cold October night, once an eerie prison. William George would be your name, our beautiful firstborn son.

Left on a trolley in a corridor, they told your Dad to go home.
Nothing given for the pain, I was frightened and all alone.

Six weeks premature, using forceps, my doctor was Mr Zebidee.
He pulled and pulled, then finally, held you up for me to see.

Wrapped in foil, inside an incubator, this will help him breathe.

Then rushed away to Rottenrow, I begged, don't let him leave.

Three hours later, I was sedated, with sudden dread I cried.
Sorry Jeanie, it was a haemorrhage, wee William George has died.

Screaming for my baby boy, Be quiet and respect the others.
A living nightmare, I had to endure, in a ward full of babies and mothers.

For several years I coped, now I'm ready to look.
Blessed by a minister in Rottenrow, your name entered in their condolence book.

I contacted Sands, Stillbirth and Neonatal Death Charity.
Please help me find wee William George, I need some kind of clarity.

Two weeks later, I got the call, after sixteen years you were found.
Interred in the coffin of an adult and buried in the ground.

Resting in St Kentigerns, in one of several graves you lie.
I visit you each birthday, in my heart, you did not die.

When my final day arrives, we will meet again I'm told.
Mammy's here sweet William George, in my arms I'll forever hold.

ISA

Was it my lifestyle, my shape, maybe my shiny hair.
You followed my every move, no-one knew you were there.

Why choose me, a married woman with children, a loving wife.
You would not let go. Soon you would threaten my life.

You travelled silently, you did not make a sound.
Hidden out of sight, while others were around.

In the shower one morning, I felt your presence near.
Suddenly, I knew. Growing cold with fear.

Terrified, I cried. You will have to go.
Finding the courage to talk. They said your movements were
slow.

Stopped, just in time. Your fear cannot spread.
Overwhelmed with relief, no more feelings of dread.

Five years cancer free, thanks to the, N.H.S for their care.
Enjoying my lifestyle, my shape and the return of my shiny hair.

BRIDGET

Congratulations, it's a little boy.
Parents proud and full of joy.

A quiet baby and so content.
Smiles and giggles, he's heaven sent.

The years go by, he seems so smart.
What's wrong now, he's breaking my heart.

Doesn't want to sit on my knee.
He wants to play alone, you see.

Loves toy cars, he puts them in lines.
We didn't know how to look for the signs.

Time for school, we're proud once again.
Never knew it would cause so much pain.

Can't play with children, they run away.
I watch him at playtime, alone every day.

He's now seven past, the tests have begun.
Yes, there is a problem with your son.

The waiting is over, now time for realism.
Our son has a name. Autism.

Sudden changes, busy places. Loud noises make him scared.
Daily routines and outings planned, carefully prepared.

Everyday is a struggle, seems he is not listening.
Spoiled brat they point and say, give that boy a leathering.

Blame us for bad parenting, it's frustrating they don't
understand.
A lifelong condition, no cure and no instruction book to hand.

Jeanie
Dae yous mind aw the games we played at school. Ma
speciality wis skipping ropes. Two lassies wid dae the cawing at
each end, then we wid aw take wan jump each then back in
line tae dae it again. We aw kept fit in they days, nae sitting
oan yer arses playing computer games.

Isa
A loved playing wae baws.

Bridget
Aye, you're an expert playing wae baws, intye Isa.

Isa
(singing)
Wan, two, three aleerie, four, five, six aleerie, seven, eight,
nine aleerie, ten aleerie over.
Wee Sam a piece in jam, went tae London in a pram.

Jeanie
Oh, the Chinese ropes. Two lassies held oot the stretched
elastic bands and we jumped over aw the different heights.

Isa
It started fae ankle then knee, hip, waist, shoulder, ear then
heid.

Bridget
Ye furgoat aboot oxter, mind that's wit they called under yer
arm.

Isa
Oh aye, that's right, it's a funny word intit, yer oxter.

Bridget
Wit aboot the hand clapping games. (singing) A sailor went tae
sea, sea, sea, tae see wit he could see, see, see.

Isa
A loved the clapping anaw.

Bridget
Isa, huv ye ever hud the clap.

Isa
Ahl clap yer fuckin jaw, ya cheeky bitch.

Jeanie
Here we fuckin go, yer no a couple a weans in the playground
noo, behave yersels.
Right, time a phoned fur a taxi, a need a drink.

The wumen order a taxi and their favourite Egyptian driver
shows up.

Jeanie
Hi son, kin ye take us tae Sir John Stilrling Maxwells in
Shawlands.

Driver
Yes ladies.

Jeanie
Where aboots in Egyot ur ye fae son..

Driver
I from Cairo.

Isa
Ye're an awfy bonny lad, so ye ur. Does yer maw no worry aboot ye driving a taxi.

Jeanie
If ye wur ma boy, ahd huv ye wrapped up in cotton wool.

Bridget
Aye, but his Egyptian mummy wid huv him wrapped up in bandages.

Isa
Ahd love tae visit Egypt some day and see the Pyramids.

Jeanie
Huv ye seen Tutankhamun's tomb an the Sphinx an aw that son.

Driver
Yes, I drive taxi in Cairo and take tourists to see Pyramids many times.

Bridget
So, see if ye became the pharaoh of the taxi drivers, we'd call ye, Toot N Cumoot.

Driver
You very funny ladies.

PUB

The wumen arrive in the pub, grab a table and order the swally.

Jeanie
Its a great feeling being allowed back in the pub wae ma best pals. We deserve a wee refreshment efter aw the days excitement.

Isa
Aye, too right Jeanie, but a canny wait tae get stuck intae the séance. Ahl dae some studying before Thursday.

Bridget
Studying fur wit, dae ye no jist hawd hawns an spin yer heid roon like Regan.

Isa
Who the fucks Regan.

Bridget
Och, ye know the wee lassie fae the Exorcist, mind she played aboot wae a Ouija board an told her maw she wis speaking tae Captain Howdy.

Jeanie
Aw fuck, that film frightened the shite oot a me, especially the bit wae the crucifix when she rammed it intae her fanny.

Isa

Aye, an the priests mother wis sucking cocks in hell, durty auld coo.

Bridget

Well, noo ye know wit tae expect then Isa.

Isa

Shut yer hole smart mooth.

Jeanie

(pointing)

Oh look, theres a couple a fine strapping lads up at the bar.

Very quickly the pub falls silent, has sumbdy seen the cops.
Aw fuck, its no the polis, just two hunks wae afro mops.

Isa clocks their dangle doons, Jesus Christ she's silly.
Am a cockaholic she screams, a like a big black willy.

Shut yer hole ya clatty cunt, ye'll get us aw papped oot.
Bridget and Jeanie kick Isa's shins, yer a fuckin filthy boot.

Isa beckons them over, she sees they've goat big balls.
Ur you lads oer fae Africa. Aye hen, but we live in the Gor-bals.

Oh, that's awfy funny says Jeanie, ma man worked in the Congo.
Do yous know that place at all, is that where yous belongo.

Look here ladies, we're flattered, wae a aw yer chattin up wurds.
We shag each other, yer pussies ur safe, we never pump the burds.

Isa's face turns peely wally, she gulps her swally doon in shock.
A canny believe wit ahv jist heard, wit a waste of cock.

Her fanny wis getting hotter, as she thoat she wis oan tae a lumber.
She'll huv tae raid the fridge tonight an settle fur cucumber.

The wumen enjoy quite a few swallies and head doon the road to see if The Shed is opened as they fancy a wee dance.

THE SHED

They're in the mood fur dancin, where the D.J spins the decks.
A quick pish in the lavvies, then Jeanie cleans her specs.

Bridget's goat the moves, queen of the slosh, ya fuckin dancer.
But danger is a lurking, he takes aim the cocky chancer.

The smelly cunt hits bullseye an fingers Jeanie's pie.
Isa grabs the filthy prick, she pokes his squinty eye.

Jeanie's loading up her fist, she throws a punch, then falls.
The stupid bitch missed target an heids him in the balls.

Bridget charges like a bull, as Jeanie's her big china.
Wance a rip yer dick aff mate, ye'll huv a hole like a vagina.

Tossed oot by the bouncers, cheerio, tae the fish fingered ned.
So, if ye fancy some durty dancin, just stoat doon tae the Shed

Jeanie
Right, ahv hud enough shite fur wan day, a need ma bed.

The wumen pile intae a taxi and head hame tae their kips.

SÉANCE

Its Thursday night at Jeanie's and a table is set up in the patio for the séance.
Isa and Bridget have arrived and they all sit down.

Isa
Right, ahl need a hunner percent concentration, so nae messing aboot.

Jeanie
Isa, seeing as am Olav's neighbour, wid it be okay if a could huv a wee word wae the spirits before ye start.

Isa
Okay Jeanie, say sumfin noo.

Jeanie
Em Hulo, ma names Jeanie. If there's anywan in the vicinity, could you maybe stoap by.

Bridget
Fuck sake Jeanie, yer no booking a Hampden taxi.

Isa
Shut up, let me dae the talking noo. Everywan hawd hawns.
(Isa's eyes start rolling in her head).
This message is fur any wandering Spirits, am telling ye noo that am no allowing any bad energies in or yous ur getting papped oot, so be warned.

Is anybody there. Knock wance fur yes, twice fur no. (no reply so she asks again).
Is anybody there. Knock wance fur yes, twice fur no. (hear two knocks)

Bridget and Jeanie are looking scared.

Isa
Do you huv a message for me (hear two knocks).

Do you huv a message for Jeanie (hear two knocks).

Do you huv a message fur Bridget (hear two knocks).

Do you huv a message fur Olav (hear two knocks).

Isa
Fur fuck sake, am no gaun through the whole electoral roll. If its no fur us, is it fur sumbdy else we know (hear one knock). Right okay, we're finally getting somewhere. If its no asking too much, kin you possibly speak tae me.

Spirit
Yes.

Jeanie
This is too creepy noo.

Bridget
Am kacking masel.

Isa
Please speak clearly, who is yer message fur.

Spirit
Jimmy.

Jeanie
(nudges Isa)
Ma Wee neighbour next door is called Jimmy.

Isa
Would ye like to pass oan a message fur Jimmy.

Spirit
Yes.

Isa
What is yer message.

Spirit
A packet a streaky bacon, hoff dozen eggs an twenty silk cut.

Jeanie and Bridget start sniggering.

Isa
(Slamming her hands on the table)
WIT, you taking the fuckin piss.

Jeanie's garden gate starts to creak open, the three wumen jump out of their seats in fright. A young woman is standing with a carrier bag.

Isa
JESUS CHRIST, who the fuck ur you.

Shona

Am Shona fae number three, ahv jist brought up some shopping fur wee Jimmy.

Jeanie

(holding her chest)

Ye almost sent me tae an early grave, how'd ye no tell us ye wur there.

Shona

A wis jist aboot tae go in Jimmy's back door when a heard the voice asking if there wis anywan there, so a stoaped tae listen.

Isa

Thanks very much, you've jist ruined ma séance.

Shona

Hing oan, ur you the wan they call systic peg.

Isa

Aye, am ur, what of it.

Shona

Well, ma maw calls ye septic peg, cos yer full a shite.

Isa

Chase yersel tae fuck, ya cheeky wee hairy.

Bridget

A suppose thats the end a the séance then, time tae conjure up the wine, get the swally poured, am gaspin.

Isa
Canny believe the cheek of that wee Shona, a thoat she wis a
real spirit, but it wis funny right enough.

Jeanie
(laughing)
Ano, it reminds me of being at Aggie's when we went looking
fur Pat, that wis some adventure.

Bridget
Aye, wit a laugh, the mystery swally adventure. Oh, how's
Aggie doing these days.

Jeanie
Believe it or not, her and Pat are an item noo.

Isa
My god, when did that happen.

Jeanie
No long efter we were there, but ahv goat a confession tae
make aboot me an Pat. We hud a brief encounter.

Bridget & Isa
Ooh, spill the beans.

Jeanie
Well, it wis aboot thirty years ago.
Pat's wife hud taken the weans away tae visit her maw.
Anyway, a wis visiting Aggie an a wis walking hame wan night.
Pat wis mowing the lawn. a said, Hello there Pat, it's a lovely
evening.

Pat

It sure is Jeanie, dae ye fancy a wee dram hen.

Jeanie

Och, why not a said. So, we went intae the hoose an Pat poured some drinks. A think he
already hud a few. He handed me a glass then he bawled really loud.

Pat

Get it up ye, get it roon ye, get it fuckin doon ye.

Jeanie

A wis slightly taken aback, but he wis very charming an a really enjoyed his company. So,
efter three or four drinks, a wis feeling attracted tae him, he wis very handsome an
muscular in those days, then he said.

Pat

Yer a fine looking wuman Jeanie, dae ye fancy some toad in the hole.

Jeanie

A said, No thanks Pat, am no that hungry, But he picked me up an carried me intae the bedroom an before a knew it, he hud toed me in the hole.

Isa

A didny know ye hud it in ye hen.

Jeanie

In actual fact. That summer, a hud it in me several times.

Bridget
Och, well Jeanie, if the opporchancity arises, you've jist goat tae take it.

Isa
Well, a could huv told ye that, a never let any opporchancity go by me.

Jeanie & Bridget
As if we didny know that Isa.

Isa
So wit we gonnae dae aboot Olav then.

Jeanie
Let me think aboot it, ahl keep an eye oan him in the meantime, see what happens. Oh, here look at this, (Jeanie shows them a flyer). This came through ma letterbox yesterday.
The Hummin Burds.

Bridget
Aw fuck, bunch a mingers.

Isa
They sound pure rank.

Jeanie
It disny mean they're stinking, ye know how ye hum a tune, it's that kinda hummin. They're a wumens choir.

Bridget & Isa
Aw, right.

Jeanie

Dae yous fancy it then, it's oan in two weeks at the St Francis centre in the Gorbals.

A dont know who put it in ma door, maybe sumbdy that lives local is in the choir doon there.

We kin make a day of it as we wur gonnae go back tae the Gorbals fur a donner aboot then we kin see the show and finish the night aff in the pub.

Bridget & Isa

Okay, sounds good tae me.

GORBALS CROSS

The three wumen arrive at Gorbals Cross, standing beside the Glasgow Central Mosque.

Bridget
(pointing) Yous ur noo standing at the place of ma birth.

Isa
Get tae fuck, ye didny tell me ye wur born in a mosque.

Bridget
Naw, ya twat, in a tenement. A wis born in ma granny an grandas hoose, No 3 Ballater street. The mosque wis built here efter aw the auld tenements wur demolished.

Isa
Aw fuck, am a tit.

Bridget
Och, not at all Isa, your no a tit, jist a bloody idiot. (pointing) But mind a stayed over there in Buchan street, where the sheriff court stands noo.

Jeanie
Aye Bridget, ma close wis roon the corner oan Norfolk street, we shared the same back court. A wid come up ma close stairs fae the street, right oot oor back, which wis probably the roof of the shops below.

Bridget
We hud great fun in they days.

Isa
A loved coming up tae your back when a hud the time. If ma maw only knew wit a wis getting uptae, midgie raking. We used tae take the rubbish oot the bins an set up a shoap an aw the weans wid come fur the messages.

Bridget
A used tae pretend ma maw hud gave me a list, Jeanie wis the wuman working behind the counter.

Jeanie
Hulo hen, wit kin a get fur ye.

Bridget
Kin a huv yesterday's soggy newspaper, a quarter of yer loose eggshells, a couple a mouldy breed crusts and a hoff pun of yer tatty peelings.

Jeanie
Nae bother hen, anyfin else.

Bridget
Oh, a nearly furgoat, kin a huv four squashed fag douts an six crushed cans a tennents lager fur ma da.

Isa
(laughing) Bloody brilliant, it wis always a good laugh. A remember wan summer we hud oor ain Olympic games.

Bridget
Aye, we collected cardboard boxes fae the shoaps doonstairs an set them up as hurdles.

Isa

Yer maws clothes poles wur the javelins, lucky we didny smash any windies.

Jeanie

Me swinging oan the clothesline like a gymnast, look at me, am Olga Korbut.

Isa

Ye looked mer like Olga Fatbut.

Bridget

(laughing) God, dae yous mind the day a wis jumping the hurdles. A landed flat oan ma arse, me an the cardboard went skiting doon Jeanie's stairs, right oot in the middle a Norfolk street. The bus driver hud tae slam oan the brakes, his face purple wae rage, shouting.

Hoy Aladdin, get you an yer magic carpet tae fuck aff the road. A wis like, shut yer hole, ye were speeding too fast, who dae ye think ye ur, Jackie Stewart. This is Norfolk street, no fuckin Brands Hatch.

Jeanie & Isa

(laughing) Aw fuck.

Isa

Mind the Tennis at the start of the school summer holidays, Wimbledon oan telly fur two weeks.

Bridget

Aw, Ilie Nastase, a pure loved him. He wis a good laugh oan court, always messin aboot.

Jeanie

Bjon Borg, the blonde swede wae a band roon his heid.

Isa

(shouting) YOU CANNOT BE SERIOUS. That John McEnroe wis a spoilt brat.

Bridget

We'd be oot oan ma corridor in Pine Place wae oor tennis rackets, battering the baws up against the wall.

Jeanie

That must huv been some difference fur yous Bridget, coming fae a room an kitchen tae a brand new flat wae three bedrooms and a proper bathroom.

Bridget

Oh aye, definitely. Ma granny an granda came tae live wae us, but there wis a terrible tragedy the following year.

Granny came to live with us, at our new flat in Pine Place.
Four apartment with three bedrooms, we had loads of space.

Praying in her room one night, then walking to the living room door.
Lost her footing in the dark, falling downstairs to the floor.

Hurting badly with a broken wrist, taken to hospital.
Please God, don't let granny die, she means so much to us all.

Two days later, she was home, so happy to see granny again.
My arm and head are very sore, I need something for the pain.

46

Wee sister went in next morning, she tried, but couldn't wake
you.
Mammy she cried, come here quick, granny's lips are blue.

I was scared for you, lost in the dark, being all alone.
Laid out in your coffin, just asleep, still with us at home.

The house was packed for your wake, until your funeral day.
Traumatised, angry with God, he stole gentle granny away.

Jeanie
Aye Bridget, a remember that, it was awfy sad. Ma granny an
granda stayed at No 17 Ballater street.
A visited oan Saturday efternoons, up the spiral staircase, roon
an roon, right tae the tap flair. Granny always hud a big pot a
broth made, ye could smell it at the door, a couldny wait tae
get tore in. Ma uncles wid be watching a western oan the telly,
cowboys an Indians charging at each other.
Wan time the telly wis that loud, a wis sure an arrow whizzed
by ma heid an a ducked doon, but big John Wayne made an
appearance, then a knew it wisny real.

Bridget
That's funny Jeanie. Och, a mind yer granny taking us up the
Briggait tae Paddy's Market.

Jeanie
Aye, it wis some place. Granny goat loads a bargains there,
usually tinned food, she'd take ma wee cousins Go Chair an
load it wae the heavy messages.

47

Bridget
Wis that the wee cousin that came tae stay wae yer granny.

Jeanie
Aye, his maw dumped him an buggered aff wae another man.

Born in Australia to my uncle and his wife, an only son.
Arriving in Glasgow, my cousin, a toddler aged one.

Your mother left soon after, with another man.
Poor wee soul, your dad had to work, brought up by your elderly gran.

My dad discussed adopting you, we could have had a brother.
With three sisters, your uncle and new mother.

Years passed by, still living with gran, each night coming home late.
Streets rife with illegal drugs, that would seal your fate.

A life of crime would follow, several times in jail.
Your fines were paid each time, to get you out on bail.

Behind bars again for longer, your future looking bad.
On release, desperate for a fix, staying with your dad.

Partying hard with the boys, a toxic cocktail made you sick.
Found in bed unconscious, dad called for a paramedic.

Airways blocked, you had choked, no more could be done.
You passed away aged twenty- nine, my uncles only son.

The wumen continue along Ballater street

Bridget
(pointing) That's where St Luke's primary used tae be. A kin jist imagine us in the playground.
The boys playing five aside while Isa kept her eyes oan the baws.

Isa
Shut it, big paps.

Jeanie
Dae yous remember the funny sound the Chinese ropes made. Boing, boing, then the over stretched elastic bands burstin and a loud, TWANG.

Isa
Sounds exactly like big Bridget playing netball, her diddies swinging, going boing, boing. Her bending over the wee goal shooter and the loud twang of her knicker elastic burstin under the pressure.

Bridget
Ahl bloody burst you, ya plook.

Isa
(pointing) There it is, 39 Waddell Court, ma auld building. Ma poor maw loved it up there, we hud brilliant neighbours.

Jeanie

A mind seeing yer mammy standing at the school gates wae her walking stick.

Bridget

Thats right Jeanie, ye don't realise how things affect people when yer a wean. Life must huv been difficult fur ye Isa.

The memories will never leave me, an only daughter, seven years old.
Mum diagnosed with M.S, not understanding what I've been told.
As her condition worsened, attending school, doing housework at home.
Unable to express my emotions, feeling completely alone.
Isolated, no carers to help, this is so unfair.
Deteriorating gradually, from walking stick to wheelchair.
Cleaning, washing, shopping, I was jealous of my friends.
Pushing mum to shops and markets, can't hang out at weekends.
Years passed by into adulthood, grasping every opportunity.
Becoming a wife and mother, arranging mums care in the community.
Young carers play a role reversal, forced into being mature.
I loved my mother dearly, but it's a life no child should endure.

The wumen walk over the Kings Bridge into the Glasgow Green Sports grounds.

Isa
(pointing) Thats where the shows wid be set up.

Bridget
It wis definitely an attraction awright, it wis as if the pied piper
hud came tae toon.

Jeanie
Every summer fur two weeks, in Glesga's dear green place.
Hunners a weans descended, enormous grins upon each face.
Magnetising music, food aromas filled the air.
Me, Bridget an Isa, running up fur a rerr terr.

Isa
The first ride wis the big wheel, a couldny wait tae get oan it.
Jeanie's stomach couldny cope, came aff fuckin drenched in
her vomit.

Bridget
Spinning oan the waltzers, ma favourite ride at the shows.
Staggering aff like zombies, didny know who's legs wur who's.

Jeanie
A bought yous both some hotdogs, right girls, fill yer jaws.
Mustard, sauce an onions, this is the dugs baws.

Isa
Tossing ping pongs at the stalls, win a goldfish in a bag.
A hit the bloody jackpot, celebrating, a smoked a woodbine
fag.

Bridget

Running hame excited, ye tripped right over the mat.
Wee goldies life flashed before his eyes, instant death by yer
pussy cat.

Jeanie

A fairground treat before we leave, clouds of fluffy sugar cane.
Candy floss rolled up oan a stick, fur each an every wean.

THE HUMMIN BURDS

The wumen arrive at the St Francis Centre, buy their tickets
and get seated.
The compare comes on stage.
Good evening everyone, I hope you all enjoy a wee trip down
memory lane of Glasgow times gone by.
Ladies and gentlemen, please give a warm welcome
to the Hummin Burds.

WASHING

Woke early Monday morning, the sky hud grey hues.
Shite stormy weather, a felt the wash day blues.
Hung oot towels an bedding, it better no rain a said.
Pegged them oan alang the line, please stay oan a prayed.
Watched ma washing blowing hard, tried its best tae cling.
Swirling, birling, left tae right, then the pegs went PING.
Like a Shawfield whippet running, scooped up ma laundry
bit by bit.
Left there any longer, would have shuttled intae orbit.

SURVEILLANCE

Glesga is famous fur many things, even back court singers.
Inventor of the neighbourhood watch, known as
windae hingers.
Arms bent at the elbows, wumen leaning oan the ledge.
Hoosework done before a shift, put away the
dusters an the pledge.
Watching oot fur criminals, while gabbing tae Mary next door.
Who's that lanky stranger, loitering at number forty-four.
He's dressed too smart, wearing a hat, hope he's no a beast.
Jesus christ am sorry, it's just St John's new priest.
A need a drink noo Mary, maybe two or three.
Too much excitement fur wan day, ahl brew a pot of tea.
He'll be hame fur dinner soon, asking wit ahv done.
Ahl say am working as a private eye,
fur detective, Allan Pinkerton.

OOTSIDE LAVVY

Growing up in Glesga, you wur never on yer own.
Living up a tenement close, either blonde or red sandstone.
Three families oan a landing, aw sharing the same loo.
Praying you get in there first, tae drop a morning poo.
It wis scary in the dark, tae visit in the night.
Creeping doon the stairs, you might crap yersel wae fright.
Scrubbed an mopped by the wumen, they flushed
away the turds.
Disinfected toilet pans, as they're no Hummin Burds.

There's applause and cheering from the audience.

Jeanie
Aw, they wur brilliant, a rerr trip doon memory lane right
enough.

Isa
Hawd oan a minute, that big burd at the back, disny look like a
wuman.

Bridget
Oh aye, a think yer right Isa, a kin see an Adam's apple poking
oot.

Isa
Aye, an a poking through her dress, a kin see an Adam's knob.

55

Jeanie

Keep yer voices doon, ya pair a tits, sumbdy might be listening. Oh, wait a minute, a know that face.

Bridget

Right, see when they come aff stage, sumbdy nab the knob.

Isa

Yous two stawn back, ahl hawnle the knob.

Jeanie

Trust you ya filthy git.

The choir come off stage

Jeanie

(whispering to the wumen) Fuck sake, that's Olav Dick.

Isa

So it is Jeanie.

They walk over to Olav

Jeanie

Excuse me, is that you Olav.

Olav

Aw, it's you Jeanie, a wundered if ahd be rumbled.

Jeanie

So, it wis you that put the flyer through ma letterbox, then.

Olav

Aye hen.

Isa

Howd ye manage tae be involved in the wumens choir, dressed as a wuman.

Olav

Well, it started wae a group a wumen who work in the shoaps beside mine. They hud organised the choir, but wan of the young lassies goat pregnant an hud tae pull oot cos of bad morning sickness. So, a jokingly said that a wid take her place and that wis it.

Jeanie

Could ye no huv asked yer wife tae dae it.

Olav

Naw Jeanie, did a no tell ye.

Bridget

She's deid int she.

Olav

Naw, she's no, wit made ye think that.

Isa

A popped intae yer shoap fur a pun a mince an heard ye tellin sumbdy oan the phone.

Olav

Wit ye oan aboot.

Bridget
Ye bloody done her in an buried her oot yer back garden.

Olav
Naw, naw, naw. Yous huv goat it aw wrang.

Jeanie
Well, ye better start talking fast, wit wur ye oan aboot then.

Olav
It wis wee Shiela, ma burd.

Isa
Oh, so ye murdered yer fuckin girlfriend.

Olav
Naw ya silly coo, Shiela wis ma FUCKIN BUDGIE.

They all burst oot laughing.

Jeanie
Oh Olav, am really sorry, but who wis the wuman a saw floatin aboot in yer hoose.

Olav
Och, that wis me Jeanie, efter a split up wae ma wife, she'd left some claes in the wardrobe, so a put them oan tae get intae character fur the choir.

Isa
Me gaun tae aw the bother conducting a séance anaw.

Bridget

(laughing) It wis a good laugh though. We're defo the clueless stupit idiots.

Jeanie

Glad we sorted that oot, a need a drink, c'mon girls.

THE PUB

The wumen arrive in Sir John Maxwells, grab a table and order their swally.

Bridget
Wit a day its been, am well an truly ready fur a swally

Jeanie
Aye, me anaw, its quiet in here the night, wunder if anyfin interesting will happen this Saturday.

Isa
Aw naw, did a no tell yous wit happened.

Bridget & Jeanie
Naw, WIT.

Isa
A wis polishing ma crystal baw the other day an drapped it, noo its hoff cracked.

Bridget
Jist like yersel, ya daft fanny.

Jeanie
Here we fuckin go, twit an twat at it again.

THE END

Printed in Great Britain
by Amazon